阁楼里的灯光

〔美国〕谢尔·希尔弗斯坦 等／著

任溶溶 等／译　心心眼／绘

GUANGXI NORMAL UNIVERSITY PRESS
广西师范大学出版社
·桂林·

阁楼里的灯光
Gelou Li De Dengguang

出 品 人：柳 漾
编辑总监：周 英
项目主管：冒海燕
责任编辑：周祖为
助理编辑：石诗瑶
装帧设计：林格伦文化
封面设计：李 坤 潘丽芬
责任技编：李春林

图书在版编目（CIP）数据

阁楼里的灯光／（美）谢尔·希尔弗斯坦等著；任溶溶等译；心心眼绘. --桂林：广西师范大学出版社，2017.9（2019.3 重印）
（魔法象. 故事森林. 世界大作家寄小读者丛书）
ISBN 978-7-5495-9829-8

Ⅰ. ①阁… Ⅱ. ①谢…②任…③心… Ⅲ. ①儿童诗歌－诗集－世界 Ⅳ. ①I18

中国版本图书馆 CIP 数据核字（2017）第 127981 号

广西师范大学出版社出版发行
（广西桂林市五里店路 9 号 邮政编码：541004
网址：http://www.bbtpress.com）
出版人：张艺兵
全国新华书店经销
河北远涛彩色印刷有限公司印刷
（河北省石家庄市栾城区冶河村 邮政编码：050000）
开本：880 mm × 1 240 mm 1/32
印张：6 字数：30 千字
2017 年 9 月第 1 版 2019 年 3 月第 2 次印刷
定价：21. 80 元

前言

曾经有许多人这样设想过：假如有一天，你将独自一人驾驶着一艘小舟绕地球旅行，或者你将独自一人前往一座孤岛，在那里生活一年甚至更久的时间，而你只能（或者说只允许你）选择一样东西带在身边，供自己娱乐，那么，你将选择什么呢？

是一块大蛋糕、一盒扑克牌、一只小松鼠、一幅美丽的图画，还是一本书、一个八音盒、一把口琴，或一只装满了纸的画箱？

每个人都可以自由地做出自己的选择。然而大多数人表示，更愿意选择一本书。蛋糕一吃就没了；扑克牌和松鼠不久就会变得乏味；围绕在孤岛四周的大海上的景色，胜过你带去的最美丽的图画；八音盒和口琴只能唤起你更大的孤独感；画箱里的纸装得再多也会用完……而唯有一本书——一本你所喜爱的书，才仿佛是一位永远亲切而有趣的旅伴。

它将伴随你，给你无穷无尽的想象和欢乐，使你百读不厌、常读常新，不断地感知和发现新的真理；它将帮助你战胜寂寞和孤独，像黑夜里的明灯、星光和小小的萤火虫，为你照亮夜行的小路，指引你、帮助你去认识世上的善恶和美丑。

是的，什么也不能像书那样帮助我们，用生活、用心灵去感知和认识未知的事物。英国著名女作家尤安·艾肯在1974年为国际儿童图书节所写的献辞里讲到，如果有一天，她真的独自漂流在茫茫的大海上，身边只有一本书为伴，那么，“我愿意坐在自己的船里，一遍又一遍地读那本书”。她说：“首先，我会思考，想想故事里的人为何如此作为。然后，我可能会想，作家为什么要写那个故事。接下来，我会在脑子里继续这个故事，回过头来回味我最欣赏的一些片段，并问问自己为什么喜欢它们。我还会再读另一部分，试图从中找到我以前忽视了的东西。做完这些，我还会把从书中学到的东西列个单子。最后，我会想象那个作者是什么样的，全凭他写书的方式去判断他……这真像与另一个人同船而行。”女作家相信，在这种情况下，一本书就是一位好朋友，是一处你随时乐意去就去的熟地方。而且从某种意义上说，它是只属于自己的东西，因为世上没有两个人用同一种方式去读同一本书。

另一位国际安徒生奖获得者、苏联著名儿童文学家和教育家谢尔盖·米哈尔科夫，写过一本关于儿童成长与素质教育问题的散文名著《一切从童年开始》。他在这本书的开篇就指出：书是孩子们生活中最好的伴侣。他说，无论孩子们的家庭生活和学校生活多么有趣，可是如果不去阅读一些美好、有趣和珍贵的书，也就像被夺去了童年最可贵的财富一样，其损失将是不可弥补的。很难设想一个没有阅读、没有好书的记忆的童年会是什么样子。他告诉所有的家长、老师和为孩子们工作的人："一本适时的好书能够决定一个人的命运，或者成为他的指路明星，确定他终生的理想。"这本书中还有一章《生活中的伴侣：书》，专门谈论书与阅读对一个孩子的成长的重要性和影响力。他谈到，有些书，一个人如果不在童年时读到它们，不曾在童年时代为它们动过真情、流过眼泪，那么这个人的本性和他整个的精神成长，就可能有所欠缺，甚至"将是愚昧和不文明的"。他举了自己在八岁时所记住的诗人涅克拉索夫的几行诗为例，它们出自《涅克拉索夫选集》："在我们这块低洼的沼泽地方，要不是总有人用网去捕，用绳索去套，各种野兽会比现在多五倍，兔子当然也一样，真让人心伤。"他说，过去了许多年——超过了半个世纪之后，这些诗句仍然没有失去当年迷人的魅力，它们仍然在不断地唤醒他的良知和爱心，像童年时一样。他小时候还读过一本文字优美的诗体小说《马扎依爷爷》，当他自己也成了一名作家后，他仍然要特地去看看当年马扎依爷爷搭救可怜的小兔子的地方。他举这些小例子只为了说明，一个人，只有从小热爱、珍惜和尊重自己祖国和世界最优秀的文学遗产——那些读也读不尽的好书——你的精神世界才会变得丰富、健全、美好和高尚。

本套丛书精选了适合少年儿童读者阅读和欣赏的作品。这些作品，或许可以视为一代代文学大师与幼小者们的心灵对话，是一棵棵参天大树对身边和脚下小花小草们的关注与祝福，是属于全人类的文学遗产中珍贵和美丽的一部分。从这些文学大师的形形色色的童年生活细节和独特的成长感受里，我们的小读者不仅可以获得启示，也可以得到文学的享受、美的熏陶。

自然，世界上的书是各种各样的，这是因为我们这个世界本身是丰富多彩的。欢乐的、悲哀的，真实的、魔幻的，崇高的、卑微的，美好的、丑恶的，等等，整个活生生的世界，都可能进入一本书中。也许正因为如此，我们才更加觉得书的神奇与伟大。我们从不同的书中，既可以看到我们所赖以生存的这个真实的世界，以及我们周围的真实的人、所发生的真实的事件，又可以看到那些来自于写书人头脑的虚构和幻想中的世界、人物和故事，如巨人和小矮人、恶毒的巫婆、善良的精灵、神秘的外星人、聪慧的魔法师、美丽的海妖、可怕的吸血鬼，等等。

美国女诗人艾米莉·狄金森写过这样几行诗："没有任何大船，能像书本一样，载着我们远航；没有任何骏马，能像一页页奔腾的诗行，把我们带向远方。"是的，一本书可以超越最久远的时间和最辽阔的空间，让我们在任何时候和任何地方，都能够反复看到最古老的过去或最遥远的未来。书，帮助我们每一个人成长：从懵懂的小孩长成有美好的情感、有丰富的想象力、有智慧、有思想、有发明和创造力的巨人。我们期待，你现在所阅读的，就是这样一本对你的成长有所帮助的好书。

徐鲁

目录

星星和花

〔日本〕土井晚翠

一对可爱的姐妹，
大自然——
母亲把她们养大。
天上的花叫星星，
地上的星星叫花。

彼此虽隔天涯，
却有着同样的色香。
星星的亮光，花儿的笑，
交映在中宵的良辰。

当东方露出鱼肚白，
当天上的花终于凋零，

看哪，一滴滴晶亮的白露，
人间的星星泪珠儿盈盈。

（武继平　沈治鸣／译）

土井晚翠（1871~1952），日本诗人。1897年毕业于东京帝国大学。1899年发表处女诗集《天地有情》，一举成名。其诗多为汉诗调，尤擅长史诗类的叙事诗。代表诗集有《晓钟》《游子吟》等。第二次世界大战后获日本文化勋章。

夏天来了

〔日本〕佐佐木信纲

水晶花飘香围墙上，
杜鹃已在叫唤，
叫声细小，夏天来了。

黄梅雨落在田里，
乡姑娘湿了下裙，
插着秧苗，夏天来了。

橘香扑鼻，檐前窗相近，
飞萤闪耀，劝告要勤劳，
夏天来了。

疏稀楞树河边，宿舍门还远，

月夜清明，水鸡在叫，
夏天来了。

五月夜朦胧，飞萤闪耀，
水晶花开，水鸡在叫，
秧苗插遍，夏天来了。

（林 林／译）

佐佐木信纲（1872~1963），日本诗人、文学家，号竹柏园。1890 年和父亲共同出版《日本歌学全书》12 卷，致力于和歌史及《万叶集》的研究，编著有《校本万叶集》《日本歌学史》《和歌史研究》等，并撰有歌集《思草》等。1934 年进帝国学士院。1937 年获第一届日本文化勋章。

金丝鸟

〔日本〕西条八十

金丝鸟，忘掉了歌，
想要扔到后山坡。
不，不，怎能那么做？

金丝鸟，忘掉了歌，
想要埋进屋后的竹草窠。
不，不，不能那么做！

金丝鸟，忘掉了歌，
要用柳条抽它么？
不，不，太可怜了，舍不得！

金丝鸟，忘掉了歌，

象牙似的小船，
银桨摇荡清波，
月明的夜晚，在海上游乐。
它不禁唱出忘掉的歌。

（孙文绮／译）

西条八十（1892~1970），日本诗人、童谣作家。出生于东京，毕业于早稻田大学。1918年开始创作童谣，著有《忘却的蔷薇》《金丝雀》等。1919年出版处女诗集《砂金》，此后作为象征派诗人为诗坛所瞩目。

老人与帆

〔日本〕西条八十

呵——爸爸，
今天您又独自躺在海滩
孤零零地沉吟着，
不知在把谁思念。
暮色已笼罩了海岸，
夜来香展开鹅黄色的花瓣，
快收起那捕捞的网吧，
快扑向家中灯火的身边。

孩子呵，你等一等，
我心中的话
还没和年迈的祖辈说完。
傍晚吹拂的微风里，

星儿像婴孩一样娇艳，
让我和那些老人一起
尽情相诉昔日的欣欢。

呵——爸爸，
您是否还沉浸在梦里，
沙滩已变得又暗又冷，
黄昏的海滨阒寂无人……
眼睛里幻影般地闪现着
那点点苍白的帆影。

是呵，我的孩子，
海上那一片片风帆里
藏有那白发祖先的影子，
它终日萦绕在夜来香开放的沙丘，
对着我那早已衰老的耳廓
轻轻唱着怀念昔日的歌曲。

（武继平　沈治鸣／译）

膝盖，你这个小东西

〔日本〕西条八十

膝盖，你这个小东西，小东西，
短裤下面才露出了你。
溜圆的小脸多可爱，
是的。不管什么时候，
一步，一步，
一步一步向前迈。

膝盖，你这个小东西，小东西，
风吹得你通红的，
雨打得你水淋淋的，
是的。不管什么时候，
一步，一步，
一步比一步有力气。

膝盖，你这个小东西，小东西，
并排着两个小圆脸，
爸爸和儿子，还是两兄弟？
是的。不管什么时候，
一步，一步，
一步比一步有力气。

膝盖，你这个小东西，小东西，
给我做伴，每天离不开你。
真是太辛苦你了，小东西。
是的。不管什么时候，
一步，一步，
一步比一步有力气。

（孙文绮／译）

捶肩

〔日本〕西条八十

妈妈，给您捶捶肩吧。
啪嗒，啪嗒，啪嗒嗒！
妈妈，您有了白发！
啪嗒，啪嗒，啪嗒嗒！
门廊前，阳光一片哪。
啪嗒，啪嗒，啪嗒嗒！
通红的罂粟花笑开啦。
啪嗒，啪嗒，啪嗒嗒！
妈妈，您多么舒服啊！
啪嗒，啪嗒，啪嗒嗒！

（孙文绮／译）

妈妈

〔日本〕野长濑正夫

妈妈，
提着熨斗，
在熨着全家的衣裳。
我看到她的头上，
白发一根根增加。

当它们刚露出一根、两根……
“竹志，来！”妈妈叫我快点儿拔掉它。
也许后来悟到拔不得了，
所以现在，
妈妈再也不喊我拔啦。
我也装作若无其事的样子，
一眼也不瞧它。

妈妈，

慢慢地提着熨斗，

还在熨着全家的衣裳。

白头发，

在继续增加……

（孙文绮／译）

野长濑正夫（1906~1984），日本诗人、儿童文学作家。出生于奈良县十津川村。毕业于十津川中学文武馆（今十津川高等学校）。曾做过老师、编辑。中学时期开始写作。代表作有诗集《爱之歌》。作品《那天的青色天空》曾获日本产经儿童出版文化奖，《我的家》曾获日本野间儿童文艺奖和红鸟文学奖。

我的家

〔日本〕野长濑正夫

穿过车站前的闹市，
走上不太陡的山坡。
一眼望见那棵繁茂的瑞木树，
耸立的树干差点儿把天空穿破。
高高十多米啊！
“我的家”标记就是它。
小小院子里，
栽上不相称的它，
还是在幼儿园里时的姐姐们，
跟妈妈到清濑的杂树林，
移来仅有三十厘米的幼芽。
小小院子里，
它的年龄比我大。

那片杂树林，
不久出现一栋栋住宅，
它的前身，如今已建成清濑。
多亏姐姐们，
我的瑞木那时免遭砍伐，
今天才能长得这样高大。

电视节目里曾经播过，
为人们记下历史。
我家的瑞木树，
不也有过它的历史吗？

（孙文绮／译）

木琴

〔日本〕金井直

妹妹啊!
今夜窗外下着潇潇的秋雨,
我却已听到你弹奏的木琴声。

记得那时你每天上学去,
怀里总抱着那架心爱的木琴,
就是夜晚在昏黑的家里,
也总有琴声伴着你的歌声。
那时你曾常常对我讲:
“要是街上能早日亮起节日的彩灯,
该有多好啊!”

正是你万分憎恶的战争,

夺去了你的生命，
烧毁了你的木琴。

妹妹啊！
自从你离开人世，
开始在星空中弹琴，
从那时起过了没有多久，
街上就重见了光明。

除我之外你没有其他亲人，
妹妹啊！
今夜窗外依然下着潇潇的秋雨，
我却再也听不到你弹奏的木琴声。

（陈生宝／译）

金井直（1926~1997），本名直寿，日本诗人。战争中失去亲人的创伤，造成了金井直诗的虚无主义的基调。代表作有《金井直诗集》《饥渴》《无实的歌》《归乡》《被封闭的世界》等。

郊游

〔日本〕新川和江

穿着天蓝色短裙的少女们，
在广阔的原野上欢跑。
此刻在她们脚下，
是一丛丛竞相吐芽的春草。
每当她们的辫子在肩头跳跃，
就如有两只幼小的彩蝶飞出辫梢。

继而又在树林里玩起了捉迷藏，
一个个躲在了大树的背后。
有的急急躲逃，
有的哧哧嬉笑。
此刻只见那棵棵大树，
都伸出柔嫩的枝叶，

亲切地把少女拥抱。

从广阔的原野尽头，
不时传来阵阵嬉笑喧闹。
但当人们相约前去看时，
却完全不见少女们的倩影。
眼前只有树林，
和一片嫩绿的春草。

（陈生宝／译）

新川和江（1929～ ），日本当代著名女诗人，现任日本现代诗人会理事长。诗作多以日常生活为题材，用鲜明的比喻，形象地再现男女之间以及人类的爱。代表诗集有《睡椅》《罗马之秋》《不是比喻》《爱与海》《梦的里外》等，并有合刊本《新川和江集》《新川和江诗集》。

山燕

〔朝鲜〕朴世永

是来自南国?
是来自北方?
山燕啊,
你飞临绝顶,
栖息在高山之巅。

你犹如自由的化身,
谁敢捕捉你?
谁敢触动你?
啊,天空属于你,
大地属于你!

你绿豆般的眼睛,

俯瞰天下。
你拳头般的身躯，
如飞箭穿过天空，
像魔术师的鞭子，
横飞竖击。
山顶之燕啊，
你卓尔超群，无与伦比！

我喘息着，
爬了整个早晨，整个白天，
才能够俯瞰大地，感慨万千。
山燕啊，你嘲笑我吧！
我唯愿像你一样，
展翅奋飞，翱翔天际。
像你一样，无限神秘，
直冲云霄，横飞万里，
飞向天之尽头。

旭日红晖，

照耀着参差嵯峨的白色群岩。
你安立于峰顶，
自在地梳理羽毛之衣。

山上精气蒸蒸上腾，
你尽情痛饮它，搅动它，
尽情地在其中沐洗，
点滴不漏地听到了，
原始森林中流出的世界秘密。

野猪在挖掘红色泥土，
这时，你正准备飞往星际。
猛虎盯住弱兽，悄悄走近，
你这千里鸟啊，
及时将人类悲哀的信息，
向天下各国传递。

山燕啊，展开你的双翅，
箭一般横飞天际，

拨开云层，冲破浓雾！

土地龟裂了，
愿你扶摇直上。
为了穷苦的庄稼汉，
你决心驱来乌云。

左右盘旋，上下翻腾，
快把乌云引来，
山燕啊，飞翔吧！
拨开云层，冲破浓雾，
箭一般迅猛飞翔吧！

（韦旭升／译）

朴世永（1902~1989），朝鲜诗人。1925 年参加朝鲜无产阶级文学团体“卡普”，曾主编儿童文学刊物《星之国》。代表诗集有《山燕》《流火》《真理》《朴世永诗选》，长篇叙事诗有《密林的历史》。

白松鼠

〔泰国〕蓬拍本

从树梢到树梢，远远地
奔向高处，然后急扑而下，
这就是你的路，你选择的路，
这就是你的真实，你自己的路。

是谁把你关进了笼子？
你自己选择的那长长的自由的路，
变成了笼子里面的一个个圆圈。

你的旅程成为一个圆圈，
缩短了的，受到限制的。
你整天在那儿奔跑，
跑着，跑着，一圈又一圈。

你在追逐什么，小松鼠？
你是在笼子里探求隐秘的角落吗？
在你的足迹里有那长跑者的喜悦吗？

这不是你那自由的树梢间的路，
圆圈并不是旅行，
巡回的圆圈没有旅程的终点。
你想从中寻求什么呢？

你寻找到了吗，松鼠？
你曾经走过的路，
你已经失去了自由的路，
是谁把你关进了笼子，松鼠？

（夏 月／译）

瑙瓦拉·蓬柏本（1940~ ），泰国诗人、艺术家、人权活动家。擅长以富于音乐性的诗语描绘自然风光和民情风俗，佛家的慧见和悲悯渗透其中。诗集被译为多种语言，并多次获奖，如1980年东南亚国协文学奖，1978年和1989年泰国书展杰出图书奖。

小草的歌

〔泰国〕诗琳通

像稻苗一样碧绿，
小草，
你是那样柔嫩又美丽。
当微风徐徐吹过，
我愿轻轻地唱着歌
来到你身边小憩。
和你在一起，
我将永远，永远充满乐趣！

像稻苗一样碧绿，
小草，
你是那样柔嫩又美丽。
吮着你滴滴清新的露水，

我可爱的小牛，
你喜欢它吗？
我可爱的野兔，
你也喜欢它吗？

是的，是的，
像稻苗一样碧绿的小草啊！
我将永远，永远不离开你！

（王 晔　邢慧如／译）

玛哈·扎克里·诗琳通（1955~　），泰国公主，泰国国王普密蓬·阿杜德的次女。其在文学、音乐、绘画方面有很深的造诣，创作涉及小说、散文和诗歌。代表作有《顽皮透顶的盖珥》《小草的歌》《跟随父亲的脚步》等。

跟随父亲的脚步

〔泰国〕诗琳通

跟随父亲迅速的脚步，
我不停地走，
走进茂密可怕的大森林。
它幽暗深邃，没有尽头，
参天的古树宛如坚固的宝塔。
“父亲啊，我又饿又累，
您看，这受伤的双脚鲜血直流。
虎狼和蟒蛇使我恐惧，
父亲啊，我们快到达目的地了吗？”
“我的孩子，
世界没有为你准备好欢乐舒适的地方，
我们的道路也不是用鲜花铺就。
向前走！永远向前走！

尽管痛苦使你心碎。
我看见荆棘扎入你细嫩的肉，
你的血像溪边小草旁的红宝石，
你的眼泪滴湿了碧绿的小树，
像镶嵌在翡翠上的钻石，
晶莹、娇娆。
为了人类，你要把勇气鼓足，
在痛苦面前你要谨慎和坚忍不拔，
坚持崇高的信念，你就会感到幸福。
向前走吧！
如果你要跟随父亲的脚步。”

（王 晔　邢慧如 / 译）

夜

〔瑞典〕马丁松

俯身看吧！井里有星星。
璀璨的金星
在倒映着的羊齿叶间静闪。
这是一个发绿的大地之夜。
星星纷纷露脸，何等清晰！
好像从地球的一扇窗户出现。

（李 笠/译）

哈瑞·马丁松（1904~1978），瑞典著名诗人、小说家。1926年发表处女诗集《鬼船》。此后，陆续发表了大量的诗歌、游记、随笔、小说和回忆录等。代表诗作有《阿尼亚拉》《现代抒情诗选》《游牧民族》《自然》《海风之路》等。1974年获得诺贝尔文学奖。

星星

〔芬兰〕索德格朗

当夜色降临，
我站在台阶上倾听。
星星蜂拥在花园里，
而我站在黑暗中。

听，一颗星星落地作响！
你别赤脚在这草地上散步，
我的花园到处是星星的碎片。

（北 岛／译）

艾迪特·索德格朗（1892~1923），芬兰著名的瑞典语女诗人。一生共出版4部诗集，《诗》《九月的竖琴》《玫瑰祭坛》《未来的阴影》。诗歌代表作有《黑或白》《我童年的树木》《不存在的国土》《冷却的白昼》等。

乞讨的小姑娘

〔俄罗斯〕叶赛宁

小姑娘在高宅的窗下哭泣，
里面传出的却是银铃般的欢声笑语。
小姑娘哭着，肃杀的秋风吹得她发抖，
她用冻僵的小手抹着脸上的泪滴。

她满面泪水，乞讨一小块面包，
屈辱和不安使她变得细声细气。
可宅里欢乐的喧闹淹没了这话音，
小姑娘站着，在嬉戏中哭泣。

（王守仁／译）

谢尔盖·亚历山德罗维奇·叶赛宁（1895~1925），俄罗斯田园派诗人。出生于梁赞省一个农民家庭。1912年毕业后前往莫斯科，当过店员、印刷厂校对员，积极参与文学活动。1914年发表抒情诗《白桦》。1915年出版第一部诗集《亡灵节》。代表作有诗集《莫斯科酒馆之音》《苏维埃俄罗斯》，组诗《波斯抒情》，长诗《安娜·斯涅金娜》等。

我的可爱的孩子们

〔苏联〕高尔基

我的可爱的孩子们！
生活在世上多么困难！
到处有父亲和母亲，
固执又蛮横。
祖母和祖父跑来，
咆哮着，像个吃人的人。
无论你们走到何处，
处处都有伯父和伯母。
而各地的教师们跑来，
带着愉快的目光。
他们跑来，边咳嗽，边望：
孩子之中谁更活泼好动？
接着就训斥：哪个男孩子活泼好动，

就给他两分。

鼻梁上架眼镜，

四处瞧：那些小姑娘坐在哪个角落？

踱着步子，像骆驼，

给小姑娘打上个不及格。

我的可爱的孩子们！

这些陈规陋习难以应承！

（郭在精／译）

马克西姆·高尔基（1868~1936），苏联著名作家、评论家、政论家。社会主义现实主义文学奠基人、无产阶级艺术伟大的代表、无产阶级革命文学导师、苏联文学的创始人之一。1892 年用笔名“马克西姆·高尔基”发表处女作短篇小说《马卡尔·楚德拉》，从此专心从事写作。代表作有《母亲》《童年》《在人间》《我的大学》等。

彼加怕些什么

〔苏联〕马尔夏克

有个彼加非常怕黑，
晚上问他妈妈：
“妈，能不能开着灯睡，
让灯通夜都亮着？”

妈妈说道：“那可不行！”
“咔”的一声关了灯。
屋子里面又黑又静，
窗外吹进来凉风。

彼加看见黑暗里面，
有一个人靠着墙。
到第二天天亮一看——

这是裤子和上装。

上装袖子一动一动，
好像双手摆摆摇；
夜里吹来一阵阵风，
两条裤腿像在舞蹈。

彼加看见黑暗里面，
有鬼走进他的房。
到第二天天亮一看——
是火炉和拨火棒。

是个火炉，
不是鬼。
是拨火棒，
不是腿。

彼加看见黑暗里面，
有个巨人对他望。

到第二天天亮一看——
原来是个旧皮箱。

爸爸把这一个皮箱，
高高放在柜顶上。
它两把锁照着月光，
就像眼珠闪闪亮。

孩子们碰见彼加，
每回都说这样的话：
“彼加胆子真正小，
看见裤子心都跳！
看见发锈拨火棒，
说是有鬼钻进房！”

彼加听见大伙笑他，
马上就给大伙回答：
“我再不是胆小鬼。
现在我再不怕黑！”

从此彼加晚上睡觉，
总要先把电灯关掉，
见到火炉跟皮箱，
再也不会心发慌。

各位读者请也不要
晚上开着电灯睡觉。
晚上想要做好梦，
根本不用开着灯！

（任溶溶／译）

萨莫依尔·雅科夫列维奇·马尔夏克(1887~1964)，苏联儿童剧作家、翻译家。被高尔基称为苏联“儿童文学的奠基人”。代表作有童话剧《十二个月》《山羊的故事》等。

小熊学礼貌

〔苏联〕马尔夏克

小熊五六岁，
教他学礼貌：

做客莫嗥叫，
莫说粗话莫自傲。
见了相识要鞠躬，
在他们面前应脱帽。
不要舞爪进逼，
不得用牙咬跳蚤，
也不得四条腿走道。

进食不要大声嚼，
想打哈欠要礼貌。

应遮住张开的大嘴，
用那熊爪。

要听话，要礼貌，
要给过路人让道，
要敬老、扶老，
遇大雾，过薄冰，
要将熊奶奶送到家。

小熊米沙五六岁，
如此教他学礼貌。

虽说他表面懂礼貌，
懂的也只是熊的礼貌。

他向邻居——
狐狸和熊鞠躬问好，
他给相识者让座，
在他们面前脱帽，

面对陌生者
则扑上前，张牙舞爪。

胡塞鼻子乱插嘴，
踩乱草地踏坏燕麦苗。

在地铁车厢
把肚子压向人们，
用折断肋骨
来威胁不相识的父老。

小熊五六岁，
教他学礼貌，
不过看起来，
教育者的时间白费了。

（侯永正／译）

风

〔苏联〕伊萨柯夫斯基

它小心谨慎，
从侧门走出，
顺着屋顶跑过，
轻弹了几下窗户。

它把樱桃枝
拨弄，轻拂，
又同相识的麻雀
轻声嘀咕。

振起年轻的翅膀，
多么轻松自如，
它同灰尘竞赛，
不知又飞向何处。

（蓝 曼／译）

米哈伊尔·瓦西里耶维奇·伊萨柯夫斯基(1900~1973)，苏联著名抒情诗人，战歌《喀秋莎》和情歌《红莓花儿开》的作词者。1914 年发表第一首短诗《士兵的请求》。1943 年和 1949 年，因《喀秋莎》《有谁知道他》《送别》《诗与歌》等作品两次荣获斯大林奖金。

蘑菇

〔苏联〕莎吉娘

神爽的天气
令人振奋。
孩子在那儿
觅捡野菌。

在这根枝干下，
仿佛林中主角，
匀称的牛肝菌
快乐地点头微笑。

我的天哪！白菌儿
全都躲进沟壑，
松树安详地呼吸，

空气迷漫着水雾。

似乎在林间，
隐身树精独自
徘徊又唏叹……
坐下，让我们小憩。

把小篮放在这儿，
数数有几多蘑菇，
在这晴朗的清晨
我们一路采撷。

树精生性善良，
不会招惹我们。
他，可怜的，这会儿
心绪却十分悲伤！

（黎 华/译）

玛丽艾塔·谢尔盖耶夫娜·莎吉娘（1888~1982），苏联女作家。1903年开始发表作品。代表作有长篇小说《中央水电站》《苏维埃亚美尼亚游记》等。其中《苏维埃亚美尼亚游记》获1951年斯大林奖金，四部曲《乌里扬诺夫一家》《全俄第一次展览会》《历史课考签》《列宁的四堂课》获1972年列宁奖金。

我记得……

〔白俄罗斯〕唐 克

我记得
母亲上床休息，
总是等孩子们
在火炕上睡了，
等进了窝的鸡睡了，
等挂在房檐下的镰睡了，
等炉灶里冒着烟的火睡了，
等贮藏室里的叉子和掸子睡了，
等对着井水照影子的苹果树睡了，
等白鹳鸟巢上空的云睡了，
等被庄稼起伏摇荡的田野里的路睡了。

今晚，我怎能入睡？

既然想起了母亲，
一切往事便都醒了，
我的记忆
怎能安然入睡？

（谷 雨／译）

马克西姆·唐克（1912~ ），白俄罗斯诗人。曾任白俄罗斯作家协会理事会主席，白俄罗斯科学院院士，白俄罗斯党中央委员等职。战争岁月中写下了大量的诗篇，有“白俄罗斯人民诗人”称号。代表作《兵站》《假如人们知道》荣获1948年斯大林奖金，《纳罗奇湖的松树》荣获1978年列宁奖金等。

母亲的手

〔白俄罗斯〕唐 克

土地吻它们
用自己的垄沟，
用沙土的嘴唇；
天空用空气，用风，用雨
将它们亲吻。

不眠的夜晚
细长的纱线
纺进了它们的多少温馨，
早晨，它们多少次点燃美丽的霞光
照耀儿女和亲人！

如今，它们呈现出

暗黑的、深深的皱纹，
纵横交错，像我们走过的道路
在手掌上留下了印痕。
每次全家团聚，
我们的母亲
刚把双手放到桌上，
立刻像有阳光
照亮房间，温暖我们的心。

（谷 雨／译）

鹿

〔苏联〕巴尔托

谢辽查睡来睡去睡不着，
躺在床上抬头望。
望着一只短腿鹿，
在远远的林中草地上，
望着一只短腿鹿，
在高高的天花板上。

这鹿又漂亮又神气，
耸起了角站在那里，
周围青草发黑，
草地伸展开去。

谢辽查跪起来，

把天花板仔细瞧。
他看见墙上一些小裂缝，
奇怪得马上躺倒。

第二天窗帘一拉开，
他就说道：
“这仍然是只鹿，
可是跑上山去了。”

（任溶溶／译）

阿格尼娅·巴尔托（1906~1981），苏联著名儿童文学作家。第二次世界大战结束后，曾在苏联组织开展了寻人活动，帮助927个失散家庭团聚，产生了较大社会影响。代表作有《初恋》《倒春寒》等。

小海船

〔苏联〕米哈尔科夫

一些小船航行在海上，
没安机器也没有船舱，
无人驾驶的小船啊，
无法靠向陆地、海港。

用烟头做的大炮，
用纸制的船锚。
跑在最前头的小纸船，
船名叫作曙光号。

小船航行时间久，
船身里外都湿透。
就是这第一艘小船，

烟盒做的船身实在考究。

沿着滑溜溜的甲板，
湿淋淋的船长来回走，
原来是潮湿的甲板上，
一只黑色的蟑螂在爬动。

看着波浪在翻滚，
它的胡子微微在颤抖。
快快驶近岸边吧，
快让小船靠码头。

小船继续向前航行，
急坏了每条船的船长，
他们多么渴望呵，
快把小船靠到岸上。

船上的人们不知道，
在这烈日下的酷热中，

"大海"即将消失，

院子就要晒干。

（马 强 侯永正／译）

谢尔盖·弗拉基米罗维奇·米哈尔科夫(1913~2009)，苏联诗人、剧作家、儿童文学作家。曾任俄罗斯联邦作协主席。代表作有儿童诗《三个公民》《儿童诗集》，儿童剧《红领巾》《我要回家！》，寓言集《快乐的兔子》，话剧《泡沫》等。

未实现的心愿

〔苏联〕米哈尔科夫

当我十岁的时候，
我只有一个心愿，
有一辆小小的自行车，
推进我家的庭园。

我能在清晨、白天和傍晚
骑着它到处玩。

我心里真难过，
当我听到：
“不，孩子，你没有自行车，
祸也闯得那么多。”

我向往冬天能有架雪橇，
我做梦都想到它，
但在现实中我完全知道，
人们不会把它送给我。

“你会把头摔破！”
母亲总是这样对我说。

我想养条小狗，
可是大人都劝我，
说我已经满了十二岁，
别再想小狗，
还是多读书。

我难得听到“可以”这个词，
可是我又不敢嘀咕。
于是送给我的总是
那些我不想要的礼物：

有时是“音乐彩票”，
有时是围巾，有时是新大衣，
但所有这些礼物，
没有一样合我的心意！

多么遗憾，大人们总是
不理解我们的心事，
而儿童时代，他们自己也说，
一生中只有一次。

（马 强　侯永正／译）

小枕头

〔苏联〕米哈尔科夫

啊，白色的小枕头，
你是我的小心肝！
面颊贴着你，
手儿搂着你……

要是与你处得和睦亲密，
那就不必到影院去，
躺下，入梦——看起电影。
须知放映的都像真的一样，
没有银幕，无须门票。
我看看这儿，又看看那儿，
比如昨夜梦中
你知上演的新片是什么？

把所有亲人留在家里，
我从人造卫星发射场飞起，
乘着宇宙飞船飞行，
从太空向大地致意。

我环绕地球飞转，
飞了许多许多圈——
关于这次宇宙飞行，
不知为什么称作帖列什科夫。

我转圈再转圈，
然后才着了陆——
在离床两步远的地方，
手里还抱着枕头。

啊，白色的小枕头，
你是我的小心肝！

（侯永正／译）

你好，妈妈

〔苏联〕罗日杰斯特文斯基

你好，妈妈！
你的歌
又在我梦中萦绕。
你好，妈妈！
你的爱
像记忆那样光明普照。
世界呈现金色并非由于太阳——
你的善良
覆盖了天涯海角。

你逐渐衰弱——
你的力量
融进我心海的波涛。

你渐趋高龄——
你的岁月
伴我走过人生大道。
无论江河流逝到什么年代，
对我说来
你永不衰老。

你的双手
为十口之家不停地操劳。
蓝天下
你的孙子孙女诞生了。
手扶摇篮又一次唱起了歌谣，
你从小孙女的模样
忽然认出了自己的容貌。

地球上
好心肠的人不少，
可以亲近的人也不少。
但是归根结底，归根结底，

就数妈妈，
我的妈妈
最好！

（谷 雨／译）

罗伯特·伊万诺维奇·罗日杰斯特文斯基(1932~)，苏联诗人。出生在阿尔泰边区。1956年毕业于高尔基文学院。苏联第四代作家代表人物之一。代表作有诗集《城市之声》，长诗《二百一十步》《安魂曲》《寄往30世纪的一封信》等。

我的城市

〔德国〕雷 丁

我的城市常常是脏的，
我弟弟也脏，
可我喜欢他。
我的城市常常爱嚷嚷，
我姐姐也爱嚷嚷，
可我喜欢她。
我的城市很沉闷
像我爸爸的声音，
又很明亮
像我妈妈的眼睛。

我的城市和我，
我们是朋友，

彼此很相知，
可不是泛泛之交，
像那些从远方来的
有时由市长陪着在
大街上逛的朋友。
他可不给他看碎石堆。
我们还要把我们的客人接到家里，
引进住宅里，
让他和我们的垃圾桶一起休息。

但有时，
在我上学之前，
我要敲敲
漂亮的灰垃圾桶的盖子，
好让它快活地响，
我还要在垃圾场上
向闪亮闪亮的白铁罐
祝福地投一块石头，
好让它跳跳舞。

（柳 筝／译）

约瑟夫·雷丁（1929~ ），德国作家。出生于多特蒙德。毕业于明斯特大学，后前往伊利诺伊大学香槟分校进修文学、新闻等课程。1950年左右开始文学创作，著有大量新闻通讯、广播剧、小说和诗歌。代表作有《世界饥饿》《这一发现》《杰瑞在哈莱姆》等。

一本书好比一个港口

〔德国〕雷 丁

一本书好比一个港口，
许多船靠拢了码头，
每天二十四小时，
载来水果、银器和矿石。
船货又好又沉重，
赶快把船来卸空，
阳光不够用蜡烛：
一本书好比一个港口。

（柳 筝／译）

你们每天容忍这些嚷嚷

〔德国〕雷 丁

“咔嚓！” 铲土机铲进了废墟。
“轰隆！” 有人推倒了一座房屋。
“嘎吱！” 汽车来个急刹车。
“乒乓！” 砸将过来了不得。

你们每天容忍这些嚷嚷。
可孩子偶尔发出一声 “咩！”
忽然说是闹得慌，
于是就：“真讨厌！孩子，别——”

“嘘嘘嘘！” 喷气机掠空而过。
“嘀嘀嘀！” 消防车忙着去救火。
“呜呜呜！” 工厂汽笛把人催。

“哐啷哐啷！”是大气锤。

你们每天容忍这些嚷嚷。
可孩子偶尔发出一声“咩！”
忽然说是闹得慌，
于是就：“真讨厌！孩子，别——”

“哦嗬嗬！”足球场上在大叫。
“嗒嗒嗒！”迪斯科在日夜跳。
再听隔壁旅店中
响起了“乖乖隆地咚！”

你们每天容忍这些嚷嚷。
可孩子偶尔发出一声“咩！”
忽然说是闹得慌，
于是就：“真讨厌！孩子，别——”

（绿 原／译）

不是每一个

〔德国〕雷 丁

不是每一个买书的
都爱读书，
不是每一个戴奖章的
都是好手。
不是每一个上学的
都学到东西，

不是每一个买肥皂的
都为去污。
不是每一个到首都波恩[1]去的
都善于管理，
不是每一个有手杖的
都去散步，
不是每一个用刺刺人的
都是玫瑰，
不是每一个有屁股的
都有一条裤。

（柳 筝／译）

[1] 波恩：联邦德国首都。第二次世界大战后，德国分裂为民主德国和联邦德国两个国家，1990 年两德统一，首都定为柏林。——编者注

小河

〔波兰〕杜维姆

小河缓缓地流着，
像一条闪光的绶带，
呵，真正的小河，
你白天流着
夜晚流着——
一会儿向右，
一会儿向左。
小河的水刺骨寒冷，
河边的水唠叨不满，
河心的水也懒散迟缓。

小河水，你为什么抱怨？
无论在哪儿，谁也不说穿。

也许，石头和鱼儿
能把这事说破，
可是鱼儿不说话，
石头也沉默，
就像鱼儿一样。

（马 强　侯永正／译）

尤利安·杜维姆（1894~1953），波兰诗人。代表作有诗集《窥伺上帝》《跳舞的苏格拉底》《第七个秋天》《第四卷诗》，长诗《波兰之花》等。其诗善于刻画鲜明的形象，运用民间语言和日常口语，在民众中流传很广。1949年获国家一级“劳动旗帜”勋章。去世后被授予一级“波兰复兴”勋章。

赤脚跑着的婴儿

〔英国〕劳伦斯

那婴儿的白脚跑过草地，
小小的白脚就像花朵在风中摇，
停停跑跑像风落风起，
吹过水面，水草很稀很少。

他那双白脚在草上嬉戏，
知更鸟歌声般迷人，飘忽不定，
像两只蝴蝶在玻璃杯上稍息，
发出双翅拍击的轻轻声音。

这婴儿会向我奔来，我希望，
就像掠过池水的风影，
雪白的双脚站在我膝上，

我伸出双手去抚摸它们——

像清晨丁香花般凉爽干净，
像新开的牡丹花柔滑坚挺。

（袁可嘉／译）

戴维·赫伯特·劳伦斯（1885~1930），英国作家，20世纪英语文学中重要的人物之一。主要成就包括小说、诗歌、戏剧、散文、游记和书信。代表作有小说《儿子与情人》《虹》《恋爱中的女人》《查泰莱夫人的情人》等。

跳

〔英国〕A. A. 米尔恩

有只知更鸟去了，
跳呀，跳呀，
跳呀，跳呀，跳。
无论如何我要告诉它：
走路别这么跳呀跳。
它说它不能停止跳，
如果它停止跳，
它就啥地方也去不了。
可爱的知更鸟，
那就啥地方也去不了……
这就是为啥它走路
总是跳呀，跳呀，跳呀，
跳呀，跳呀，

跳呀，

跳。

（楼飞甫／译）

艾伦·亚历山大·米尔恩（1882~1956），英国著名剧作家、小说家、童话作家。毕业于英国剑桥大学。1900年起就在英国老牌幽默杂志《笨拙》工作。著有儿童诗集《在我们很小的时候》《现在我们六岁了》等，代表作是《小熊维尼阿噗》《阿噗角的小屋》等。

铁甲骑士

〔英国〕A. A. 米尔恩

我是个铁甲骑士，
我紧紧扣上我的甲胄，
然后我打量着四周。
我，最爱冲锋陷阵援助战友，
最爱到魔鬼的巢穴里去搭救战友，
这就得同魔鬼们发生一场恶斗。
有时候战斗刚刚开始，
我就担忧也许魔鬼会取得胜利……
然而我想我绝不能失败，
毕竟他们是魔鬼而我是铁甲骑士。

（楼飞甫／译）

小山上的风

〔英国〕A. A. 米尔恩

没有一个人知道，
没有一个人能告诉我：
风从什么地方来，
风到什么地方去。

它从某个地方飞来，
以它最快最快的速度，
我总是没法留住它，
我拼命跑也赶不上它的脚步！

如果我放掉手中
那系在风筝上的绳索，
那么风筝就会随着风

飘上一天一夜也难说。

我将去寻找风筝，
看它停落在哪个山坡，
我知道那就是风
曾经在那儿留下脚步。

因此我就能告诉大家：
风到什么地方去过。
但风是从什么地方来的，
还是没有谁能说个清楚……

（楼飞甫／译）

保育院的椅子

〔英国〕A. A. 米尔恩

一张椅子是南美洲，
一张椅子是海里的船，
一张椅子是关狮子的笼，
一张椅子是我坐在屁股下面。

第一张椅子

当我航行在亚马孙河上，
我夜里停泊时用火枪
告诉我忠诚的船员，
有两三个印第安人
静静站在树林里面，
等待我来到这片土地上。

如果我今天不想
同任何印第安人玩，
我只要摇摇手掌，
于是他们就会转身离去——
他们懂得我无声的语言。

第二张椅子

我是一头巨大的狮子关在笼里，
我常常用吼声吓唬安妮，
然后我紧紧握住她的手，
告诉她不要这样恐惧——
于是她就不再吓得掉眼泪。

第三张椅子

当我站在我的船上，我看见
另一艘船正好迎面驶来，
一个水手靠着栏杆向我打招呼，

就像他的船鸣笛开过。
船开远了他还向我倾着身子，
风儿送来他的喊问：
“这是环球航行的航线吗？”
他的喊声随着他的身子远去。

第四张椅子

每当我坐上高高的椅子，
无论吃早饭吃晚饭或吃茶点，
我总要声称这是我的椅子，
还要声称另外三张也属于我。
我什么时候真能去南美？
我什么时候能驾船出海？
也许我真会成为笼中的狮子或老虎，
或者——我仍旧是原来的我。

（楼飞甫／译）

我的父母

〔英国〕斯彭德

我的父母不许我同野孩子玩，
他们说粗话如石块，穿破衣服，
破得露出腿。他们在街上跑，
他们爬山，在乡下的河里洗澡。

我怕他们甚于老虎，我怕他们
如铁的筋肉，摇动的手和膝盖，
紧紧压在我臂上。我怕他们指我，
粗鲁地在路上，模仿着我口吃。

他们很巧捷，他们从篱后跳出，
如一群狗向我们的世界怒吠，
他们投泥块，我不看，假装微笑，

我愿能宽宥他们，但他们不笑。

（杨宪益／译）

斯蒂芬·斯彭德（1909~1995），英国作家、评论家、马克思主义诗人。出生于伦敦。毕业于牛津大学。曾在美国多所大学任教。1983 年受封为爵士。代表作有诗歌《静止中心》《废墟与憧憬》《奉献集》，自传《世界里的世界》《年轻人叛变的一年》等。

放学

〔英国〕戴维斯

女孩子尖叫，
男孩大喊；
狗儿乱咬，
放学了。

猫儿跑，
马儿惊；
小鸟儿飞起，
躲进树里。

小毛头醒过来，
睁大眼睛；
流浪汉急急忙忙

藏起身影

老头儿，
摸回家去吧；
快活的小家伙们，
欢迎！

（其 翔／译）

威廉·亨利·戴维斯（1871~1940），英国威尔士著名自然诗人。出生在英国威尔士纽波特市的一个海员家庭。他的诗大多歌颂自然，申诉底层群众的疾苦，以语言简朴、形象生动、感情真挚著称。代表作有《诗人漫游记》《闲暇》等。

那幸福的孩子

〔英国〕戴维斯

今天我看见美丽的花儿密密层层怒放——
但没有一朵像那个孩子曾经采摘的那样。

我听到绿油油的园林里群犬吠叫——
但没有一只狗叫得像那个孩子曾经听见的那样。

今天我听见鸟儿一只接一只歌唱——
但没有一只像那个孩子曾经听到的那样。

我见过一百只蝴蝶——
但没有一只像那个孩子所看见的那样上下飞舞。

我见过许多马儿在草上打滚——
但没有一匹马像那个孩子看见的那样飞奔。

今天我的世界够可爱的了——
可就不像那个孩子曾经看到的那样。

（其 翔／译）

童年

〔突尼斯〕沙 比

呵，童年多么美好！
是生命的梦乡。
童年的岁月，
像睡梦双翼下甜蜜的幻象。
它用微笑的眼睛，
向人世万物凝望，
怀着颗梦幻的心，
漫步在河谷两旁。

童年在春天的心灵中，
颤动激荡，
畅饮着柔和的黎明时分，
最甜美的露浆。

全世界都为它
把爱情和欢乐的歌儿高唱。
它沉醉于
生活的梦境和光芒。
童年是一段
诗一般的时光，
带着感情、眼泪、
欢乐、骄傲和期望。
它尚未踏进
悲哀、不幸、苦难的世界，
因而还未见过
光华下事实上的虚妄！

（杨孝柏／译）

艾卜勒·卡西木·沙比(1909~1934)，突尼斯杰出的浪漫主义诗人。作品大多为牧歌式的抒情诗，表达热爱自由、追求解放的思想，被阿拉伯文学界誉为“突尼斯民族之光”。代表作有《沙比诗集》。

旋转木马

〔奥地利〕里尔克

撑着顶盖，带着影子，
悠悠地转着。
彩色的马群，来自天上
那踌躇良久，不肯失落的天堂。
好些被套上了车，
可没有一个不精神抖擞。
一只凶恶的红色狮子也跟着走，
间或驰过白象一头。

还有一只鹿，跟在森林里一个样，
可它却驮着鞍，
一个蓝衣女孩系带坐在它背上。

红狮子上骑着个白衣男童，
温暖的小手正把缰绳紧拽，
而狮子则张开了血口如盆。
间或驰过白象一头。

骑马人里也有
淡色服装的女郎，
她们已不再是玩马儿的年纪。
颠簸中，她们常翘首张望——
间或驰过白象一头。

马儿停了转，转了停，
它只是打转，没个目的地。
红的驰过了，绿的、灰的，
一张稚气小脸的侧影。
有时飘来一个微笑，
那极乐的、耀人的微笑，虚掷在
狂欢的、盲目的游戏里……

（欧 凡／译）

赖纳·马利亚·里尔克（1875~1926），奥地利诗人，被奥登称为“17世纪以来欧洲最伟大的诗人”。代表作有《秋日》《豹》，长诗《杜伊诺哀歌》等。

对手

〔爱尔兰〕斯蒂芬斯

黎明，我听见一只鸟
在枝头甜蜜地歌唱，
歌唱草地上露珠晶莹，
绿原上惠风和畅。
但是我听而不闻，
因为他不是为我而唱！

我就是听而不闻，
因为他不是为我而唱——
唱那草地上露珠晶莹，
绿原上惠风和畅！
这时我也唱起来，
唱得和他一样漂亮！

我始终不断地唱着，
唱得和他一样漂亮，
歌唱草地上露珠晶莹，
绿原上惠风和畅！
所以我对他听而不闻，
尽管他歌唱在树上！

（屠 岸／译）

詹姆斯·斯蒂芬斯（1880~1950），爱尔兰诗人、小说家。善于将幻想、现实和讽刺幽默结合在一起，创作了许多新编爱尔兰神话和民间故事。一生创作颇丰，代表作有《金坛子》《半神》《起义》《想象之山》《克莱的歌曲》《国王和月亮》等。

陷阱

〔爱尔兰〕斯蒂芬斯

忽听得一声痛苦的哀鸣!
有一只兔子跌入了陷阱。
我只听见他叫得惊慌,
但不知道那声音来自何方。

但不知道那声音来自何方,
他正在叫喊着要人帮忙,
他向受惊的空气高呼,
使每件东西都感到恐怖。

使每件东西都感到恐怖,
他还皱着他小小的面部,
他又叫喊着要人帮忙,

而我找不到他在何方！

而我找不到他在何方，
陷阱里落下了他的足掌。
小小的东西！哦，小东西！
我正在到处寻找你的踪迹。

（屠 岸／译）

美术学校

〔法国〕普雷维尔

从麦草编的篮子里，
父亲挑出了一个小纸球，
把它放进
一个盛水的盆。
它涨大了，
变得色彩斑斓，
在好奇的孩子们眼前，
变成一朵巨大的
日本的睡莲。
孩子们悄悄地，
只感到奇怪，
这朵花将永远留存在
孩子们的记忆里，

永远不会褪色。
这朵突然出现的花，
专为他们做的，
在他们的眼前
即使只有短短的一瞬间。

（罗 洛／译）

雅克·普雷维尔（1900~1977），法国著名诗人、剧作家。曾为《巴黎圣母院》和电影《雾岸》《夜之门》《戏楼儿女》等撰写剧本。著有诗集《话语集》《晴雨集》《杂物堆》等，大量诗歌被谱曲。

为鸟儿画像

〔法国〕普雷维尔

先画一个
打开门的鸟笼，
然后替鸟儿
画些美丽的东西，
简单的东西，
漂亮的东西，
有用的东西。
接着把画布放在
花园中，
或者森林中，
靠着墙
藏在树后面，
一句话也不要说，

也不要动……
有时鸟儿很快就来了，
但在它决意来之前，
也许要等几年。
不要灰心，
等着吧，
需要等就等几年。
鸟儿的飞来迟或慢，
这和作品的成就
丝毫不相干，
如果鸟儿飞来的话。
当它飞来的时候，
绝对要沉默，
让它进笼，
等它进去以后，
轻轻地用画笔把门关上。

然后把笼子所有的小棍儿
一根一根擦去，

小心别触动鸟儿任何一根羽毛，
然后画树木，
为鸟儿选择
最美的一根树枝，
还要画绿荫与风儿的凉爽，
阳光照出的浮尘，
还有牲口的叫声、炎夏的青草，
随后等鸟儿决心歌唱。
如果鸟儿不唱，
那是凶兆，
表明那幅画不好，
如果它唱，那是吉兆，
表明你可以署名了。
那么你就轻轻地
拔下一根羽毛，
就在这幅画下面的一角署上你的大名。

（沈宝基／译）

一行有一行的气味

〔意大利〕罗大里

不管哪一行，
都有独特的气味。
面包铺里散发着，
发酵的面粉和奶油鸡蛋香。

当你走过，
家具作坊旁，
你会闻到，
刨花和新锯木板的清香。

油漆工人身上总散发着
松节油和油漆的香味儿，
镶玻璃窗的总有

窗用油石灰的气味。

司机的制服上，
有汽油味儿。
工人的外衣上，
有机器油味儿。

有肉豆蔻味——
那是做糖果的师傅，
有令人惬意的药香——
那是穿白大褂的大夫。

犁地的农民，
有泥土的气息，
田野和草地的
清新芬芳。

渔夫身上的气味，
让人想到鲜鱼和大海。

只有无所事事的人的身上
散发不出令人心怡的味道。

懒惰的阔佬，
不管身上洒多少香水，
孩子们，他发出的气味，
也实在不大好。

（侯永正／译）

贾尼·罗大里（1920~1980），意大利儿童文学作家。1970年国际安徒生大奖获得者。20世纪40年代开始写儿童诗和童话故事。代表作有《洋葱头历险记》《假话国历险记》《电话里的故事》《天上的蛋糕》《圣诞树星球》《电视里的吉普》等。

棍子上的屋盖

〔意大利〕罗大里

我给你写首诗讲讲下雨：
下雨天大家都躲在家哪儿也不去。
我拿小棍子顶个屋盖，
走到东走到西，自由自在。

尽管那倾盆雨哗哗地下，
尽管那阵头雨噼噼啪啪。
尽管那黑绸的屋盖上滴滴答答，
我简直压根儿不去理它——
我这个小屋盖，雨穿不过。
我就在雨声中，唱我的歌！

（任溶溶／译）

给仙人的信

〔意大利〕罗大里

不知道是真是假：
说是夜里
仙人把礼物放进毛袜？
不知道是真是假：
说是过节
仙人把玩具放在好孩子的枕头底下？
我不顽皮，一举一动都好，
就是在袜子里什么也没找到。

亲爱的仙人，今天是除夕，
你的火车一定开过这里。
我心里就怕一件事情，
就怕你的火车开过我们这儿不停，

就怕你走过了穷人们的破房土窑，
把我们这些好而穷的孩子漏掉。

仙人哪，我们要感谢得不得了，
如果你坐上一辆慢车，
在有孩子等着你的
每家门口停上一刻！

（任溶溶／译）

水城威尼斯

〔意大利〕罗大里

水面上一座古桥，
一个月亮在古桥上挂。

水面下一座古桥，
一个月亮挂在古桥下。

天上一眨一眨的是星星，
水下是星星一眨一眨。

你说哪一座古桥是真？
你说哪一个月亮是假？

（任溶溶／译）

半轮月

〔西班牙〕洛尔伽

月在水上漂流。
天空如此宁静！
河上旧时的波纹，
徐徐地收敛干净，
一只小小的蛙儿
竟把它当作一面小镜。

（陈光孚／译）

加西亚·洛尔伽(1898~1936)，塞万提斯后世界文坛最熟悉的西班牙文学家。其诗借鉴西班牙中古以来口头谣曲传统形式，将音乐、诗思、抒情共冶一炉，风格独树一帜。代表作有诗剧《叶尔玛》《阿尔瓦之家》等。

春歌

〔西班牙〕洛尔伽

快活的孩子
从学校出来，
给四月温暖的天气
添加了歌声。
街上深沉的寂静
多么快乐！
寂静被亮银的笑声
裂为碎片。

（陈光孚／译）

奇怪的孩子

〔西班牙〕阿莱克桑德雷

那孩子有一种怪癖，
游戏时总要做将军，
还要把俘虏都枪毙。

记得有一次他把我推进水塘，
因为我被当成金枪鱼。

他的游戏该多离奇！
他总是狼、狮子、持刀的恶汉和
凶狠的父亲。

他发明了一种电车游戏，
轮子就从我身上压过去。

很久以后我们才得知，
在一堵远远的墙后，
他用一种奇异的眼光观察世界。

（远 浩／译）

阿莱克桑德雷·梅洛 (1898~1984)，西班牙诗人。勤奋笔耕 50 余年，留下 20 多部诗集和散文集，代表作有《轮廓》《毁灭或爱情》《心的历史》《终极的诗》等。1977 年获诺贝尔文学奖。

在暴风雨中

〔塞尔维亚〕马克西莫维奇

整整一个夜晚，
一个人伫立在山顶。
妈妈，让我去看看吧，
那是一个人还是一株苍松？
让我去看看吧，
是谁整整一个夜晚
从远处凝视着，
我们这简朴的白色庭院。
让我去吧，妈妈，
我不会疲倦，我的步子轻盈，
山坡就在我们房前。
噢，那是一个人还是一株苍松，
整整一个夜晚，

伫立在雷鸣电闪之中，
凝视着我们的庭院，
他好像是我的父兄。

你不见黑压压的乌云，
像一艘吉凶未卜的巨轮，
游动在他的上空，
带来不幸和死亡，
何处是他的行踪？
噢，妈妈，你去把他召唤，
藏身到我们茅舍之中，
这是人，还是苍松，
整整一个夜晚，
凝视着我们简朴的白色庭院。

在空荡荡的山顶，
他孤独一人像个孩子
双手捂住阵阵作痛的前胸。
让我用纤纤的手指

挡住凶恶的暴风。

亲爱的妈妈，让我去吧，
你不见可怕的乌云
像一座大山
沉重地压在他的上空。

（马福聚／译）

德珊卡·马克西莫维奇（1898~1993），塞尔维亚著名诗人，被称为“南斯拉夫文学的老祖母”。其创作以诗歌为主，出版诗集10多部。此外，还发表了许多散文及小说。代表作有《心里发疯》《他们如何生活》《诗人与他的故土》《大地的芳香》《我寻求怜悯》等。

读吧，小牧童

〔保加利亚〕伐佐夫

在一棵核桃树的阴凉下，
我看见一个小牧童坐着，衣衫褴褛——
两只眼睛紧盯着破旧的识字课本。
“你在读什么，亲爱的小伙计？”
“我在读：A，B。”

读吧，读吧！这本小玩意
今天会在世界上创造奇迹，
它是上帝亲自留给我们的第二个太阳，
它能唤醒沉睡者，使健康的人更明理。
你读吧：A，B。

它比钻石和黄金更珍贵，

你读吧！它能使盲人见天日，
全世界都从这口泉眼里汲取清流。
下点儿功夫它就会重重赏你，
你读吧：A，B。

是啊，它像太阳。那些活活葬身在
精神的黑暗中的人应该感到羞耻！
读吧，你读了它就会变成一个新人，

一个能在世界上斗争的大力士，
你读吧：A，B。

你年纪虽小，但要肯在这里花力气——
不花力气任何时候都不会有成绩！
有了强壮的身体再有学识，
你就真正掌握了成功的奥秘。
你读吧：A，B！

（杨燕杰／译）

伊凡·伐佐夫（1850~1921），保加利亚作家、诗人。其作品题材广泛，语言生动、细腻，充满激情。1872年发表第一首成名诗《松树》。著有长篇小说《轭下》，长诗《石丘》《花花世界》，剧本《鲍里斯拉夫》《走向深渊》等。

孩子们的信

〔加拿大〕李夫西

它们是我秘密的食粮，
我在房间最寂静的角落里品尝。
没人注意的时候，
我把它们举向窗户，
举向阳光。
要看清楚，
要从那粗大的字体里听到，
一个孩子蹒跚的第一步，
一个细小的声音朝着天空牙牙学语
“呜……呜……”。

无论这些
是我的儿女还是孙子，

他们是心灵之客，
是孤寂人的食粮——
他们在透过心的百叶窗的
缕缕阳光上
跳荡。

（小 风／译）

多萝西·李夫西（1909~1996），加拿大英语女诗人。1928年开始发表作品，共出版了10多部诗集，曾两次获总督诗歌奖。代表作有《昼夜》《献给人民》《诗选》《不安静的安乐窝》等。

我将做一个什么

〔加拿大〕丹尼斯·李

“你将做一个什么？”
大人问个没完。
“做舞蹈家？做医生？
还是做个潜水员？”

“你将做一个什么？”
大人老是缠着问，
好像要我不做我，
改做一个什么人。

我大起来做喷嚏大王，
把细菌打到敌人身上！

我大起来做只癞蛤蟆，

“呱呱呱呱”专门问傻话！

我大起来做个小小孩，

整天淘气，把他们气坏！

（任溶溶／译）

丹尼斯·李（1939~　），加拿大诗人、儿童文学作家。出生于多伦多安大略省。毕业于多伦多大学。当过教师、编辑、评论家。1967年开始发表诗歌。代表作有《鳄鱼派》《冰激凌店》《民间挽歌》等。1995年获特伦特大学荣誉博士，之后获得了多伦多艺术终身成就奖。

一支秘密的歌

〔加拿大〕丹尼斯·李

我唱一支小歌，
一支秘密的歌，
这歌与众不同，
非常非常奇特。

你听到的只是
神秘的嗡嗡声。
唱的什么曲调？
连我也闹不清。

我会让这支歌，
从它的开头，
一下子跳到了

它的结尾地方。

听的人还以为
歌正开始要唱。
可是嗯嗯两声，
这歌已经收场。

我从来说不出
唱些什么歌词，
嗯嗯嗯嗯嗯嗯，
反正没个字。

根本就没人
听懂我这支歌。
这支秘密的歌，
在唱一些什么？

（任溶溶／译）

我吃孩子

〔加拿大〕丹尼斯·李

一个女孩出去，
碰到妖怪一个。
妖怪张开大口，
唱它的妖怪歌：

“我——我——我吃孩子，
吃进我的肚子。
只剩衣服、牙齿。
我最爱吃脚趾。”

女孩听了这歌，
心中十分恼火，
跳了跳，扭了扭，

唱饿姑娘之歌：

“我——我——我吃妖怪，
一见就流口水。
现在该吃东西，
你说我该吃谁！”

妖怪吓得飞逃，
连话也不能说。
女孩跳着回家，
吃掉弟弟的
巧克力糖火车。

（任溶溶／译）

进城怎么走法

〔加拿大〕丹尼斯·李

进城怎么走法?
左脚提起,
右脚放下。
右脚提起,
左脚放下。
进城就是这么个走法。

(任溶溶 / 译)

十四行诗一首

〔美国〕安格尔

她碰到和知道的实际世界是书，
在书里山神是真的，友好的怪物
藏在床底下，温和的龙从嘴里喷烟，
讲起话来和她一样娇气。

一本书的封面和封底之间，群狼
在安全、熟悉的土地上整天游荡，
花树上溜下棕色松鼠，爱吃
她手掌里想象中的橡子。

她成了那些小人书。她成了那个姑娘
关在高塔里，在灰色的苏格兰高原上。
她成了头戴珍珠冠的渔妇。

当人们告诉她名叫克鲁索[1]，
那沉了船的人，她自己也成了岛屿、
海滩和陌生人留在海滩上的足迹。

（荒 芜／译）

保罗·安格尔（1908~1991），美国诗人。出生于爱荷华州。世界著名的爱荷华大学国际写作计划的创办者之一。取得爱荷华大学创意写作硕士学位后，在爱荷华大学作家工作坊承担教职并主持工作长达 25 年，亲眼见证了工作坊的繁荣，并成为美国文坛的重要力量。

[1] 克鲁索：《鲁滨孙漂流记》主角，全名鲁滨孙·克鲁索。——编者注

黑人母亲训子

〔美国〕休 斯

来吧，孩子，听妈妈讲自己的身世：
生活对我来说不是水晶的楼梯。
它充满着曲折反复，
支离破碎，
梯板满目疮痍，
许多地方没有铺地毯——
空无一物。
妈妈却从不倦怠，
一个劲儿往上爬，
爬到梯台拐角处，
拐个弯又继续攀登，
时而得摸黑前进，
看不见一丝光明。

孩子，你也要不屈不挠不回头，
哪怕历尽艰辛路难走。
在人生的阶梯上绝不要停留，
更不该消沉气馁，自暴自弃。
妈妈还在辛苦跋涉呢，好孩子，
妈妈还在奋力攀登。
生活呀，对我来说不是水晶的楼梯。

（杨通荣　丁廷森／译）

兰斯顿·休斯（1902~1967），美国诗人，被誉为“黑人民族的桂冠诗人”“哈莱姆的桂冠诗人”。作品涉及小说、戏剧、散文、传记等多种体裁，以诗歌为主。代表作有《问你的妈妈——爵士十二式》《梦乡人》《不是没有笑的》《辛波尔说出他的思想》等。

大犬星座

〔美国〕弗罗斯特

头上那只大狗
是天上的野兽，
他眨着一只星眼
一下跳出东天。

他一路舞蹈
笔直地向前跑，
从不蜷起前腿
坐下歇一会儿。

我是地上的小狗，
要和天上的大狗
今夜一块儿放声叫，
一块儿踏着黑暗跑。

（王延平／译）

罗伯特·弗罗斯特（1874~1963），美国诗人，曾获得4次普利策奖，被称为美国文学中的“桂冠诗人”。一生笔耕不辍，共出版10多本诗集，有《波士顿以北》《山间》《新罕布什尔》《西流的小溪》《见证树》《林间空地》等。

云影

〔美国〕弗罗斯特

轻风发现我打开的书本，
乱翻书页，东找西寻，
想找那首写春天的诗，
我告诉她：“没这回事！”

谁能写诗把春天描述？
但轻风不屑给我答复，
一丝云影飘过她脸庞，
怕我让她找错了诗章。

（赵毅衡／译）

给点亮的是一双双眼睛

〔美国〕科 芬

一位谁也看不见的人物，
正在点燃起树上的蜡烛。

条条树枝上一亮接一亮，
点着的小蜡烛支支放光。

整个无声无息的树林中，
给点亮的是一双双眼睛。

田鼠、鼹鼠如丝绒和锦绸，
眼睛尖锐得像冰上裂口。

猫头鹰的那对遮光提灯，

亮起的翡翠之光阴森森。

浣熊是隐藏的铁丝罗网，
匿影潜行凭脑中的火光。

伫立的苍鹭像岁月凝重，
瞧鱼儿在其泪水中游泳。

活动在夜间的一切生灵，
都忙于显露自己的本性。

（黄杲炘／译）

罗伯特·彼得·特里斯特拉姆·科芬(1892~1955)，美国诗人。出生于缅因州不伦瑞克。一生著作颇丰，代表作有《奇妙的神》《露水与青铜》《早晨红色的天空》《船长艾比和船长约翰》等。1936 年获得普利策诗歌奖。

秘藏的心

〔美国〕科 芬

要隔了这些年回忆爸爸，
他有一个最最好的办法。

在那黑夜的最寂静时刻，
一点亮光使孩子醒来了。

爸爸似乎在他梦中出现，
一双大手中有火光一团。

是他擦了根火柴凑着亮，
看一看他儿子睡得可香。

他两个手掌拢着那团火，

他的爱在那里暗中烧灼。

他分开的两手微微弯着，
那可真是一颗心的样子。

在他那年幼的儿子看来，
他有着两颗心，一里一外。

外在的心发出那种光焰，
让醒着的孩子哪能心安？

它照出脸上的温柔神情——
白天里倒没法辨明看清。

霎时间它照亮周围一切，
接着这秘藏的心已熄灭。

但它照耀的时间已够长，
已使人看见双手捧太阳。

（黄杲炘／译）

伯明翰谣曲

——为 1963 年亚拉巴马州伯明翰市教堂炸弹惨案而作

〔美国〕兰德尔

“亲爱的妈妈，我要进城，
我不想去闲玩，
我要在伯明翰街上游行，
自由进军定在今天。”

“不不，宝贝，你不能去，
狗儿野蛮凶恶，
棍棒水龙枪弹监狱，
对小孩没好处。”

“妈妈，我不想一个人去玩，
小朋友都去参加，

我们在伯明翰街上游行，
要建立自由国家。”

“不不，宝贝，你不能去，
我怕他们会开枪。
不过你可以上教堂去，
参加童声合唱。”

漆黑的头发又刷又梳，
洗得香如玫瑰，
褐色小手戴白手套，
脚上穿着白鞋。

母亲笑了，她放心让孩子，
去上帝的圣坛，
岂知这是孩子看到母亲
最后一个笑脸。

当她听到爆炸声传来，

眼睛湿，心里急，
她冲过伯明翰的街道，
喊着姑娘的名字。

她爬过碎玻璃碎砖，
捡到一只鞋子，
“噢，这是我的宝贝穿的鞋，
宝贝你在哪里？”

（赵毅衡／译）

达德利·兰德尔（1914~　），美国诗人，美国黑人诗歌的主要出版者。代表作有《黑人诗人》《燃烧的城市》等。

窗口的孩子

〔美国〕威尔伯

瞧着那雪人孤零零一个站在
薄暮和寒气中，真使他受不了。
小孩听着风准备一整夜啮咬
和大声呻吟，眼泪就流了出来。
雪人那地方，他的眼泪难看到，
这冰冷脸儿煞白，那沥青眼珠，
回看他的是凄凉的眼光一道，
像被驱逐的亚当对伊甸回顾。

然而这雪做的人却心满意足，
他可不希望进屋并就此告终。
不过，看这小孩哭他很是感动。
虽说结成冰的水是他的要素，

他融化了些，从一只温柔的眼中
流下了一串最最纯净的泪雨，
因为那明亮玻璃窗前的儿童
周围是多么温暖、光明、爱、恐惧。

（黄杲炘／译）

理查德·威尔伯（1921~　），美国当代著名诗人、诗歌翻译家、诗剧家。著有《美发生着变化及其他诗》《尘世之事》《给预言者的建议》《步入睡眠》《诗合集》等。曾两次获普利策奖，两次获博林根奖，美国第二届桂冠诗人。

捉月亮的网

〔美国〕谢尔·希尔弗斯坦

我做了一个捉月亮的网，
今晚就要外出捕猎。
我要飞跑着把它抛向夜空，
一定要套住那轮巨大的明月。

第二天，假如天上不见了月亮，
你完全可以这样想：
我已捕到了我的猎物，
把它装进了捉月亮的网。

万一月亮还在天上发光，
不妨瞧瞧下面，你会看清，
我正在天空自在地荡着秋千，
网里的猎物却是颗星星。

（李剑波／译）

谢尔·希尔弗斯坦（1932~1999），美国儿童文学作家。1974年《爱心树》的出版轰动文坛，一举奠定了他在当代美国文学界的地位。代表作有《爱心树》《人行道的尽头》《阁楼里的灯光》《失落的一角》等。

阁楼里的灯光

〔美国〕谢尔·希尔弗斯坦

阁楼里闪动着微光一点。
尽管窗板紧闭，漆黑一片，
我却看到了幽光在跳跃。
它是什么，我心知晓，
那是阁楼里的孤灯一盏。
站在外面，注视灯光，
我知道你就在里面……
与我遥相观望。

（李剑波 / 译）

第一支歌

〔美国〕金耐尔

伊利诺依正是黄昏，那小男孩
整整一下午在拉牛粪，
此刻趴在篱笆上，筋疲力尽
累得要哭。暮色越来越浓，
他开始听见池塘青蛙鸣叫
在他耳中奏出青蛙的欢快。

不久蛙声变得悦耳，这小男孩，
在烟雾弥漫的伊利诺依黄昏
倾听，而从田野里走来两个孩子，
手里拿着玉米秆做的土提琴，
他们在玉米秆琴弦上打松香，
三人坐下，拉出他们的欢快。

这音乐真动听，青蛙，男孩，
在这越来越浓的伊利诺依黄昏，
天黑还在玩，不顾肩膀疼痛，
他佝偻的身体，从这玉米秆里
得到第一支幸福的歌，这歌声
使他看清黑暗，尝到悲伤的欢快。

（赵毅衡／译）

加尔威·金耐尔（1927~2014），美国诗人。毕业于普林斯顿大学。20世纪50年代在法国教书，深受法国现代诗歌影响。60年代中期之后，其诗风趋向抒情。1982年荣获普利策诗歌奖。代表作有《圣弗朗西斯和火种》《黎明》等。

我是蛇

〔美国〕库斯金

我是蛇。
我正孤独爬过
灯芯草和灌木丛，
苔藓地和石头缝。
我滑过草地时，
细细的草茎叹着气，
蜜蜂嗡嗡叫着，
报告我经过的消息。
蘑菇颤颤抖抖，
三叶草趴下了，
一只瘦小的田鼠
吱吱叫着绊倒了。
蝴蝶、蜜蜂和野蜂

飞向巢穴和蜂箱。

甲虫四散逃走。

我爬到哪儿，

哪儿就一片寂静，

蛇交朋友可真难。

（王世跃／译）

卡拉·库斯金（1932~2009），美国女诗人、插画家、儿童文学评论家。出生于纽约曼哈顿。毕业于耶鲁大学。一生著作颇丰，代表作有诗集《我是什么？》《城市的狗》《动物和方舟》等。

最美的花束

〔美国〕西格尔

人人都有一双眼，
星星一样晶晶亮，
你那眼睛的颜色，
不必和我一个样。

黄或蓝，灰或绿，
到底有什么两样？
只要它们一睁开，
都能看到大太阳。

你的头发漆漆黑，
他的头发金金黄，
不管它颜色怎么样，

都是花冠多漂亮。

我也知道你懂得，
花的颜色有深有浅，
各色各样的花儿，
开满可爱的花园。

在这广大的世界上，
孩子们像鲜花那样漂亮，
有的颜色深，有的颜色淡，
像最美的花束一样。

你想过没有？

人人要都没区别，

那该有多么可怕，

你怎么分得出我和他？

（张 奇／译）

艾迪斯·西格尔（1902~1997），美国犹太裔舞蹈家、教师、作家。早期主要专注于舞蹈事业，创作了著名的跨种族舞曲《黑色和白色》。一生共出版了 10 多部诗集。

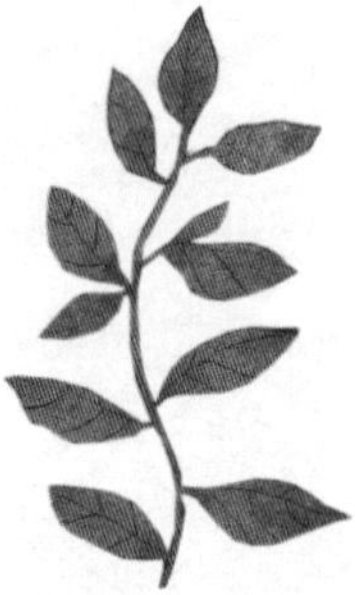

星星

〔澳大利亚〕赖 特

呵，纷飞的蜜蜂，
你们来自哪一片田野？
你们那金色的蜂蜜
采摘自夜晚哪些冰凉的花朵？
你们老朝着家里飞去
要飞到哪一家蜂房才停息？

呵，一群金色的飞鸟，
光束中的一团微粒，
深色海洋中的鱼群，
我所依附的她
使我诞生的他——我的父亲
和你们一起飞到了梦里。

一个旅行的孩子睡着了——
裹在他金色的头发里，
我躺着，靠着她的胸膛。
呵，纷飞的蜜蜂
你们要飞到哪一家遥远的蜂房？
我们，也要跟到那里去。

（唐正秋／译）

朱迪思·赖特（1915~2000），澳大利亚当代著名女诗人。一生笔耕不辍，创作了300余首诗歌，此外，还创作了小说、历史回忆录、杂文等。著有诗集《游移的形象》《女人与男人》《两副面孔》《为死亡哭泣》等。曾获得两所大学的文学博士称号，两次赢得格雷斯·列文诗奖，荣获大英百科全书澳大利亚文学奖。

画眉与孔雀

〔尼加拉瓜〕达里奥

画眉遇到一只孔雀，
正在开屏展现优美的风度，
可它只看到孔雀粗陋的双爪，
惊奇地说：“多么可怕的动物！”
这只愚蠢的画眉鸟

从未看到孔雀的上方羽毛。
那些被称作明智的人物
是另一些这样的画眉鸟：
当他们遇到孔雀的时候，
也只看到它的两只爪。

（陈光孚／译）

鲁文·达里奥（1867~1916），尼加拉瓜诗人，拉丁美洲现代主义诗歌的代表人物。代表作有《牛蒡》《兰》《亵渎的散文》《生命与希望之歌》等。

诽谤

〔尼加拉瓜〕达里奥

一滴泥
落在钻石上面，
也可以
将它的光芒遮暗，
但是，即使整块钻石
被污泥沾满，
它那高贵的身价
也丝毫不减，
它永远是块钻石，
即便是将它
浸入泥潭。

（陈光孚　孙家孟／译）

田野的孩子

〔委内瑞拉〕列 昂

田野的孩子，
这个时刻
你出生在原野上的随便哪个茅屋里，
或是在山上，
或是在阴暗和水边潮湿的丛林间。
马上你就会睁开眼睛
看见贫困和饥饿。
马上我们的土地
会向你诉说它的痛苦。
但是你用不着流出一滴眼泪，
你的族人已经哭过了不知多少个世纪。

田野的孩子们，

你们将在这个时刻出生，
你们——在那些村子的干燥的小广场上
玩耍的孩子，
那些在广阔的夜空下茅屋的暗处
饿得睡不着觉的孩子，
走来吧，孩子，不要让你们新睁开的眼睛
流出一滴眼泪。

捶击坚硬的树干，
拳头会练得结实。
和我一道起来吧，孩子，
别再流出咱们妈妈和姥姥的眼泪，

别再流出那些盼望上帝赐予一切的
傻瓜们的眼泪。
带着练好的拳头，
咱们走向一个世界——
那里大伙将得到土地、面包和正义。
和我们一道起来吧，孩子们，
从你们睁开的眼睛里，
切勿再流出一滴眼泪。

（叶君健／译）

卡洛斯·奥古斯托·列昂（生卒年不详），委内瑞拉当代著名诗人。1961 年作为拉丁美洲国家的代表之一，出席了古巴作家艺术家第一次全国代表大会。代表作有《肖像》《这便是墨西哥》等。

或者这样，或者那样

〔巴西〕梅雷莱斯

或者有雨没有太阳，
或者有太阳没有雨！

或者戴手套不戴戒指，
或者戴戒指而把手套丢弃！

谁飞上天就不在地上，
谁在地上就不在天上。

十分遗憾，一个人不能同时
在两个地方！

或者攒钱而不买糖，

或者买糖而把钱花光。
或者这样，或者那样，
或者这样，或者那样……
我整天选来选去，苦思冥想！

我不知道玩好，还是学习好，
是静待在家里，还是出去跑跑。

然而，我仍然不懂得
到底哪个更好，
是这样好，还是那样好。

（刘焕卿／译）

塞西利亚·梅雷莱斯（1901~1964），巴西著名女诗人。曾做过教师和新闻记者，1938年获巴黎文学院诗歌奖。代表作有《咏叹调》《夜》等。

蓝色的孩子

〔巴西〕梅雷莱斯

孩子要一头小毛驴
去游逛，
它必须温驯老实，
不跑也不跳，
却知道同主人把话讲。

孩子要这样一头驴，
它能说山岭、
河川、花卉
——所碰到的一切的名称。

孩子要这一头驴，
它会编造

许多美丽的故事，
有人，有物，
还有船在海上漂荡。

他俩一起去把世界游览，
世界是个大花园，
只是更宽，
或许更长，
无际无边。

谁晓得有这样一头毛驴，
可以写信告知
万户路
千号门
不识字的蓝孩子。

（刘焕卿 / 译）

儿时

〔巴西〕安德拉德

父亲骑上马种地去了。
母亲在缝补衣衫。
小弟弟正在酣睡。
当然我也是尚需照料的孩童，
读着《鲁滨孙漂流记》，
任故事在我脑海里扩展。

那是日光强烈的中午，我用口技
学着呼啸的大风刮倒远方的茅舍，
鲁滨孙呼喊的声音在耳边响起，
他呼喊着同伴来喝咖啡，
黑色的、香气扑鼻的
上好的咖啡。

正在缝补衣服的母亲
望着我说：
“嘘——不要吵醒弟弟。”
她又吹了一口气，深深的一口气，
吹走落在摇篮上的一只苍蝇。
在那无边无际的荒滩，
我父亲辛勤劳作苦干。
可是，我不知道，
我将来所要经历的故事
是否比鲁滨孙奇遇更加动人。

（陈光孚／译）

卡洛斯·德拉蒙德·德·安德拉德（1902~1987），巴西诗人、小说家。其敢于用现代主义手法大胆反叛传统诗歌的修辞方式，在20世纪巴西乃至整个葡萄牙语文学界具有很大的影响。代表作有《诗篇》《人们的玫瑰》《清晰的谜》《白色的不洁》等。

太阳

〔塞内加尔〕迪奥普

赤裸裸的太阳——黄黄的太阳，
黄灿灿、光溜溜的太阳，
泻下金色的波光，
浮现在黄色的河面上。

赤裸裸的太阳——白白的太阳，
白闪闪、光溜溜的太阳，
泻下银色的波光，
浮动在白色的河面上。

赤裸裸的太阳——红红的太阳，
红彤彤、光溜溜的太阳，
泻下白色的波光，
浮跃在红色的河面上。

（周国勇　张 鹤／译）

比拉戈·迪奥普（1906~1989），用法语写作的塞内加尔诗人。以参与黑人运动与致力延续传统口述故事而闻名。代表作为《阿玛杜·库巴的非洲寓言》。

我长大以后……

〔阿根廷〕荣 凯

妈妈，
当我长大了，
我要搭一个长长的梯子，
一直通到云端，
我要爬到天上去摘星星。

我要把所有的口袋
都装满闪闪发光的星星，
然后带回来，
分给学校里的小朋友们。

对于您，我的好妈妈，
我要给您带回那轮明月，

让它照亮咱们家，
不再费一点儿电。

（杨明江／译）

阿尔瓦罗·荣凯（1893~不详），阿根廷杰出的儿童文学作家。1924年发表第一部作品《街头诗集》，之后又发表了儿童短篇小说《纸船上》《诡计》《南方的孩子》等。